6 Janvier 1865

CATALOGUE

DE

TABLEAUX

ANCIENS

DES DIFFÉRENTES ÉCOLES

Dont la Vente aux Enchères Publiques aura lieu

HOTEL DROUOT, SALLE N° 5

Le Jeudi 26 Janvier 1865

A DEUX HEURES

Par le ministère de M° **CHARLES PILLET**, Commissaire-Priseur,
rue de Choiseul, 11,

Assisté de **M. HORSIN DÉON**, Peintre, rue de Chabanais, 1,

CHEZ LESQUELS SE DISTRIBUE LE PRÉSENT CATALOGUE.

EXPOSITION PUBLIQUE

Le MERCREDI 25 Janvier 1865, de une heure à cinq heures.

PARIS

RENOU ET MAULDE

IMPRIMEURS DE LA COMPAGNIE DES COMMISSAIRES-PRISEURS

Rue de Rivoli, 144

—

1865

CONDITIONS DE LA VENTE

Elle sera faite au comptant.

Les acquéreurs paieront, en sus des adjudications , 5 centimes par franc, applicables aux frais.

L'amour des Objets d'Art nous enlève chaque année quelques Amateurs de Tableaux. Aussi, c'est encore la variation dans le goût qui livre aux enchères la Réunion de Tableaux dont nous offrons le Catalogue.

Presque tous les ouvrages qui composent cette Vente sont bien choisis, et pour la plus grande partie nouveaux pour les Acheteurs; car déjà, depuis longues années, ils décoraient le Cabinet d'un véritable Amateur.

Quoi qu'il en soit, quand, en parcourant notre Notice, on y verra figurer presque toutes OEuvres aimées et recherchées, et qu'après un examen attentif, le public aura sanctionné en grande partie notre appréciation, cette Vente, quoique peu nombreuse, comptera au nombre des plus intéressantes qui auront lieu dans le courant de cette saison.

DÉSIGNATION

DES

TABLEAUX

ÉCOLES ALLEMANDE, FLAMANDE & HOLLANDAISE

ARTOIS (Jacques Van)

1 — Paysage boisé.

BALEN (Jean Van)

2 — Repas de la Sainte Famille.

Des anges recueillent des fruits dont ils emplissent une corbeille, d'aures descendent du ciel pour servir l'enfant Jésus et l'adorer.

BERGEN (Thierry Van den)

3 — Paysage et animaux.

Une paysanne, assise à terre, accoudée sur un panier, ainsi qu'un pâtre, qui se voit au second plan dans la demi-teinte, gardent des bestiaux ; aux côtés de la femme, une vache, deux moutons et un agneau sont couchés ; un peu en arrière est une autre vache debout. Deux chevaux sont attachés à un arbre du second plan, et dans une mare, au premier, une chèvre montre les cornes à un chien qui jappe après elle.

Ce tableau, d'une exécution facile, est du meilleur faire du maître.

BREDEL (le chevalier)

4 — Combat de cavalerie.

BREUGHEL (Pierre)

5 — Une Fête d'enfants.

BRIL (Paul)

6 — Paysage avec figures de Vénus et Adonis.

CRAYER

7 — Prise de voile de sainte Aldegonde.

Entourée d'un nombreux clergé, la sainte, agenouillée sur les marches d'un autel, reçoit le manteau de religieuse des mains de deux évêques. Le Saint-Esprit sanctifie de sa présence cette cérémonie en apportant le voile qui doit dérober cette sainte au monde.

Crayer s'est peint dans cette composition parmi les assistants, c'est plus qu'avouer son œuvre, c'est la considérer comme des meilleures.

CUYLENBURG

7 bis. — Paysage avec sujet d'Abraham chassant Agar et Ismaël.

EŸK (J.-C. Van), 1683

8 — Canal glacé.

Un nombre considérable de patineurs, de traîneaux et de curieux animent ce tableau, des plus divertissants.

FRANCK (François)

9 — Ecce Homo.

Notre-Seigneur sur une espèce d'estrade, la tête couronnée d'épines, est livré à la risée du peuple.

Autour de ce médaillon sont représentés en grisaille, à droite et à gauche, le Christ en croix et la Résurrection. Au-dessus, le Père-Éternel; en bas, une allégorie de la Mort. Cet ensemble se termine par les quatre Évangélistes dans les angles.

GRIFF

10 — Tableau de chasse.

Deux chiens gardent du gibier déposé au pied d'un arbre, au second plan
se voient des chasseurs et leurs chiens.

HEEM (David de)

11 — Ustensiles de table.

Sur une table de pierre, en partie recouverte d'un tapis de soie bleue,
sont déposés : des fraises dans un bol de porcelaine de Chine, un verre de
vin du Rhin, des raisins, un quartier d'orange et une crabe. Puis, sur un
plat d'argent, se voient une crevette et une rose.

Le frais coloris de cette fleur ajoute à l'agrément de ce tableau qui, du
reste, est du meilleur faire du maître.

HELMONT (Mathieu Van)

12 — Marché à la volaille.

Sur la place d'une ville flamande sont installés des marchands qui débi-
tent des volailles à de nombreux clients. Sur le premier plan se voit une
marchande dans une baraque en bois solidement établie, son étalage est
abondamment garni. Un bourgeois lui marchande une grasse poularde
qu'elle tient à la main. Plusieurs hommes debout, les yeux tournés du côté
de l'acheteur, semblent attendre le résultat de sa négociation.

Près de ce groupe, et tout à fait sur l'avant-scène de ce tableau, est aussi
un jeune paysan dont la marchandise est amoncelée à terre devant lui ;
il est assis sur une pierre, dans ses bras est un dindon vivant ; mais il est
plus occupé à voir voltiger un oiseau attaché à un perchoir que tient à la
main un petit garçon, qu'à attirer l'attention de la pratique.

D'autres épisodes animent encore cette composition capitale.

HOBBÉMA

Figures de VAN DE VELDE

13 — Paysage.

Un monticule, où se voit la lisière d'un petit bois traversé par une
route ; une rivière qui, partant du premier plan, arrose une plaine dans
laquelle se remarque une maison de campagne et quelques fabriques.

Sur le premier plan, un terrain accidenté et meublé de vieux chênes dont la cime est rompue, composent ce paysage, dans lequel **Van de Veldea** introduit deux jolies figures de chasseurs : l'un, suivi de son chien, est à l'affût au bord de la rivière ; l'autre, assis sur un tronc d'arbre renversé au pied d'un vieux chêne, semble être dans l'attente du résultat que doit obtenir son compagnon.

Un ciel nuageux, gris, mais clair cependant, sur lequel se détachent en vigueur les branchages des vieux chênes brisés, complètent l'ensemble de cet excellent tableau qui offre, quoi qu'il en soit, de grandes qualités et de vraies beautés (1).

HOREMANS (Jean)

14 — Partie de campagne.

Devant un cabaret de village, de bons bourgeois installés devant une table grossière en compagnie de femmes, s'amusent à boire ou à fumer, ou s'occupent de galanterie.

L'exécution soignée de ce tableau peut encore le faire présenter comme une des meilleures productions de cet artiste.

HOUCH (H.-D.), 1609

15 — Paysage.

Sur le premier plan, des terrains accidentés et buissonneux conduisant aux ruines d'un bâtiment immense, construit sur le bord d'une rivière, composent ce joli paysage, qui est animé par un convoi militaire et par d'autres petites figures placées à ses différents plans. De piquants effets de soleil en l'égayant le font aimer.

JEAN DE COLOGNE

16 — Portrait d'Homme.

Rien qui sente l'apparat dans ce portrait. Un justaucorps noir avec crevés aux manches, un large col blanc rabattu, tel est le costume de ce personnage. Cependant il impressionne tout d'abord, car à un coloris chaud et transparent vient se joindre une grande délicatesse d'exécution.

KLOMP (Albert)

17 — Chèvres et Taureau.

---

(1) Ce tableau d'Hobbéma ne fait pas partie de la collection. Il est vendu par suite de décès et en vertu d'un jugement.

KLOMP (Albert)

18 — Vaches, Taureau et Moutons.

KRAUS (Georges)

19 — Un Dormeur.

LINGHELBACK

20 — Les Richesses de Rome moderne.

Le sujet de ce tableau est allégorique, mais il est traité sans le secours de la Fable. Linghelback à son chevalet symbolise la Peinture. Un philosophe mesurant une mappe-monde, la Science. Un personnage portant un Caducée, le Commerce. Une petite fille lisant et un petit garçon comptant sur ses doigts, l'Éducation. Un jeune homme jouant de la mandoline, la Musique. Puis sous un dais s'élève un dressoir sur lequel sont étagés des chefs-d'œuvre d'orfévrerie, symboles de l'Industrie et de la Richesse. Sur les marches de ce dais, l'Abondance est debout soutenant du bras droit une corne remplie des produits de la terre, tandis que de la main gauche elle présente aux regards admirateurs de plusieurs hommes du peuple un chef-d'œuvre de l'art.

La Sculpture, l'Architecture, la Poésie et autres sont représentées par des attributs répandus sur l'avant-scène du tableau.

Tout, hommes et accessoires, est groupé avec un grand art et exécuté avec la facilité qui caractérise ce maître distingué.

21 — La Place Navone.

Dans ce tableau, Linghelbach a voulu peindre les mœurs du peuple romain. C'est sur la place Navone qu'il a trouvé ses modèles, car elle est la vraie place du peuple.

Il y a vingt ans, on y voyait encore, comme Linghelback l'a représenté dans notre tableau, le missionnaire prêchant la parole de Dieu à son auditoire, en même temps qu'à quelques pas de lui le charlatan débitait des bourdes au sien. Non loin d'eux aussi se rencontraient le savetier battant son cuir, le friturier enfumant l'assistance et la marchande de galette provoquant le chaland.

Cette amusante composition est rendue avec esprit et, de plus, remplie de mouvement et de vérité.

MAWMERS (Henri)

22 — Marchands de légumes.

Non loin d'une ville qui se voit dans le fond du tableau, des paysans vendent des légumes et des fruits à une femme déjà chargée d'un sac.

METZU (Gabriel)

23 — Un Chasseur.

Dans un paysage, après s'être débarrassé de sa gibecière et de son fusil, un chasseur fatigué se repose, assis sur un tertre au pied d'un arbre. Pour charmer ce moment d'inaction, il montre avec un air de satisfaction une perdrix, produit de sa chasse. Le joli chien du chasseur s'élève sur les pattes pour flairer cette proie.

Des tons doux et vaporeux, beaucoup d'harmonie, une couleur vraie et agréable font le charme de cet aimable tableau.

MILÉ (Francisque)

24 — Paysage, site d'Italie.

MOUCHERON (Frédéric)

25 — Paysage.

Une masse d'arbres qui occupent la gauche du tableau, une route sur laquelle sont trois personnages, une cascade, un petit lointain, quelques plantes buissonneuses formant repoussoir, composent ce paysage.

Eclairé par les rayons chauds et dorés d'un beau jour d'été, l'effet de ce tableau est des plus pittoresques.

NEER (Van der)

26 — Paysage.

Une rivière que traverse un bateau, arrose et partage une vaste campagne jusqu'à un horizon lointain. Les bords de cette rivière sont embellis des deux côtés çà et là par des maisonnettes entremêlées de bouquets d'arbres. Sur le premier plan, dans un sentier, deux hommes et un chien sont arrêtés. D'autres figurines se voient aussi sur l'autre rive.

Le soleil, qui commence à poindre, rase de ses rayons les parties les plus élevées du paysage sans encore l'éclairer. Les terrains, les arbres et les maisons sont, par les ombres de la nuit, dans des tons vigoureux qui forment avec la lumière dorée du soleil une opposition piquante.

OLST

27 — Sujet allégorique.

Dans le ciel, assis sur des nuages, Jupiter fait apporter par deux amours à une jeune femme, un portrait pour lequel ils semblent saisis d'admiration. Le troisième amour élève en l'air un miroir comme pour établir la comparaison entre la jeune femme et le portrait. Dans le ciel ouvert, des amours tenant des fleurs et un sablier complètent cette composition.

OMMEGANCK (Attribué à la sœur d')

28 — Rentrée des moutons dans la bergerie.

POELENBOURG

29 — Bacchus et des nymphes.

Dans un joli paysage aux lointains azurés, aux campagnes accidentées et boisées, au pied d'un arbre autour duquel serpente un cep de vigne que des amours dépouillent de ses fruits, Bacchus, assis sur un tertre, se repose la coupe en main. Cette coupe est sans doute remplie par les deux nymphes, car deux autres amours qui les accompagnent leur apportent des raisins, l'un dans ses bras, l'autre sur sa tête. D'autres nymphes assises au second plan regardent une de leurs compagnes qui, en s'accompagnant du tambour de basque, danse avec un Satyre.

Cette agréable composition réunit encore un fini précieux à une couleur agréable. Quoi de plus flatteur !

PRINS (J.-H.)

30 — Place d'une ville de Hollande.

QUERFURT

31 — Chevaux de ferme dans un paysage.

SIRY (Van), signé 1811

32 — La petite Fille au chien.

Sur le pas de porte d'une cuisine, une petite fille assise reçoit les caresses d'un chien. Par cette porte ouverte, on voit dans la cour de la maison une marchande qui débite des choux, des carottes et autres légumes ; on voit aussi un coq et des poules.

Tableau clair, d'un effet piquant.

SNAYERS (Pierre)

33 — Attaque de convoi.

Dans un paysage montagneux, près d'un village, un parti de cavaliers surprend un convoi composé de plusieurs voitures.

Ce tableau, rempli de mouvement et finement touché, est traité dans le goût de Van der Meulen.

TENIERS (David)

34 — Un Docteur de village.

Nous sommes dans l'officine d'un chirurgien qui, à genoux devant un pauvre diable, lui panse le pied. Près d'eux est une femme coiffée d'un chapeau pointu qui suit avec intérêt l'œuvre du docteur. A droite est un jeune élève qui prépare une emplâtre en la faisant chauffer au-dessus d'un réchaud posé sur une table ; cette table est encombrée de boites, de fioles et de toutes sortes d'objets pharmaceutiques. Le long des murailles, des bocaux, des bouteilles, des vases soigneusement étiquetés, sont rangés sur des tablettes ; un casier renfermant des instruments de chirurgie, des crânes d'animaux y sont aussi accrochés. Enfin un crocodile suspendu au plafond, une chouette attachée à une cloison et sur le premier plan de grands vases de grès ainsi que d'autres en cuivre sur un banc, contribuent au pittoresque de la composition.

35 — Un pauvre boiteux demandant l'aumône.

TENIERS (D'après)

36 — Un Fumeur.

TERBURG

37 — Portrait d'une dame hollandaise.

Elle est vue en pied et debout, elle tient un gant d'une main, l'autre est gantée et appuyée sur sa ceinture. Une chaise est un peu en arrière de cette figure, qui se détache sur un fond d'appartement. Dire que ce portrait est du meilleur temps du maître, c'est en faire un suffisant éloge.

VENNE (Van der), signé

38 — Marchand de mort-aux-rats. (Grisaille.)

VERBOEKHOVEN

39 — Une Chèvre et deux Moutons au repos.

VINCKENBOOMS (David)

40 — Intérieur de parc.

Ce tableau, d'un aspect agréable, est exécuté dans le goût de Breughel, et offre une foule de détails spirituellement touchés ; les figures qui l'animent ne sont pas moins intéressantes.

VOS (Martin de)

41 — Portrait d'Enfant.

VOS (Simon de), signé

42 — Le Massacre des Innocents.

WEENIX

43 — Nature morte.

Au-dessus d'une table recouverte en partie d'un tapis bleu et sur laquelle sont déposés une bécasse et divers oiseaux, se voient suspendues deux perdrix rouges, l'une par la patte, l'autre par la tête.

Un fini précieux, joint à une couleur agréable et vraie, recommandent ce joli tableau.

C.-L. (Signé du monogramme)

44 — Intérieur de temple protestant.

INCONNU

45 — Ronde d'Amours.

ÉCOLE FRANÇAISE

DEMARNE

46 — La Nourrice.

Personne n'a rendu avec plus de vérité que Demarne les mœurs des habitants de nos campagnes ; chacun de ses tableaux est pour tous autant de riants souvenirs. Dans celui-ci, il nous montre un brave ouvrier qui se délasse de ses rudes travaux en jouant avec sa femme et l'enfant confié a ses soins. Le petit frère nourricier, qui se tient derrière la chaise de là mère, participe du regard à ces jeux, tandis que ses sœurs, plus grandes, sont occupées à traire une jolie chèvre blanche. La chaumière pittoresque de ces bonnes gens borde une route sur laquelle s'avance un paysan monté sur un âne suivi de son ânon, et une femme qui conduit sa vache ; d'autres accessoires complètent cette riante peinture.

LECOEUR

47 — Paysage-Marine : Vénus et son cortége sur la mer.

48 — Paysage-Marine avec figures de Baigneuses.

TAUNAY

49 — Paysage.

Il représente l'intérieur d'une vallée pittoresque vue un peu à vol d'oiseau ; sur le premier plan sont deux petites figures spirituellement touchées.

ÉCOLE ITALIENNE

BONIFACCIO

50 — Saint Jean

Attentif à la lecture du livre qu'il tient ouvert devant lui, le saint Evangéliste est debout dans une niche, l'aigle couché à ses pieds ; sa tunique est verte, un manteau rouge est drapé sur ses épaules.

DOMINIQUIN (Attribué à)

51 — Diane découvrant la grossesse de Calisto.

GUIDE

52 — Extase de saint François.

PAUL VÉRONÈSE (École de)

53 — Enlèvement d'Europe.

PELEGRET (Thomas)

54 — Saint François.

Il est mourant, un ange le soutient. Une couleur agréable distingue ce bon tableau, dans lequel l'artiste a su répandre tout l'intérêt que comporte son sujet.

Henou et Maulde, imprimeurs de la Compagnie des Commissaires-Priseurs, rue de Rivoli, 144.   38261